AF341366

ARLEQUIN
AUX
TUILLERIES.
QUATRE SATIRES,
AVEC

Le Prologue, l'Epilogue, & plusieurs Epigrammes.

Le prix est de huit sols.

A PARIS,

Chez MARTIN ET GEORGE JOUVENEL,
ruë de la vieille Bouclerie, au bout du
Pont S. Michel, à saint Augustin.

M. DCC.

AVEC PERMISSION.

PROLOGUE.

Q U'une vieille habitude est une fiere
hôtesse !
Dites lui de sortir: elle fait la maîtresse.
Mettez vous en devoir de la mettre dehors ;
Elle se rit de vous , & de tous vos efforts :
Plus elle est décrépite , & moins elle vous cede.
Ce seroit, sans la mort, de ces maux sans remede.
Je le prouve. *Turpin*, aujourd'hui vieux routier,
Est encore l'effroi des maris du quartier :
Il ne peut plus marcher ; mais son amour le traîne
En vieux galerien, qu'elle tient à la chaîne.
Il faudra que Clotho l'ôte d'entre les bras
Des pudiques Iris, qui vendent leurs appas.
Des Carreaux, ce Joüeur, ce beau Chef de famille,
Qui perdit au piquet & sa femme & sa fille,
Sans credit, sans argent, victime de la faim ,
Vient d'aller chez Pluton , les cartes à la main.
Ricaric aux abois, à son trésor fidele,
Fit allumer le cierge, & tuer la chandelle.

La cire qui cou'oit, le fit haut soupirer,

Et demander au Ciel, qu'il pût vî e expirer.

Dans ses derniers momens il regla par prudence,

De son petit convoi la funebre dépense;

De quel drap ses enfans devoient porter le deüil;

De quel bois il vouloit qu'on lui fit un cercüei'.

Si l'on offre, dit-il, *pour moi les Saints Mysteres,*

N'allez pas sottement donner six luminaires.

Aprés ces mots pieux, il meurt, & ses enfans

L'allerent enterrer joïeux & triomphans.

　　L'Ambitieux ... Enfin, ou le vice nous quitte,

Ou vieillit avec nous, pour nous suivre au Cocyte,

Moi-même j'en suis sûr, par la bile vaincu,

Je mourrai critiquant ainsi que j'ai vécu.

Le masque sur le nez on me vit au Théâtré

Démasquer tout Paris, en faisant le folâtre:

Bouffon plus serieux, je m'en vais aujourd'hui

Rire encore aux dépens des sottises d'autrui,

Et pour donner matiere à mes plaisanteries,

Peindre en gros, en détail, toutes les Tuilleries.

Qu'on se souvienne donc de s'y promener bien;

J'irai, j'y verrai tout, & n'épargnerai rien.

SATIRE I.

S Ans invoquer ici Phebus une heure en-
tiere,
Entrons, c'est le plus sûr, brusquement
en matiere ;

Et nommons ce Jardin, le charme de nos cœurs,

Le p'aisir de nos yeux, l'école de nos mœurs,

Un Arche de Noé, la lice du beau monde ;

Sur le soir à grands flots il s'y rend & l'inonde.

Il vient de son air pur implorer le secours,

Contre cet air poudreux avalé dans le cours.

Alors la Vanité d'ornemens accablée

Marche en superbe pân dans la plus belle allée,

Se mire dars sa plume ; attire tous les yeux

De mille spectateurs se fait mille envieux.

L'un, de tout ce qu'elle est, n'estime que l'étoffe ;

L'autre voïant ses airs, devenu Philosophe,

Dit que c'est un ballon ; qu'elle n'a que du vent ;

Que pour orner son corps, elle jeûne souvent ;

Quoique née à Paris, qu'elle a l'humeur Gasconne ;

Chacun d'un mot piquant honore fa perfonne.

Même les Maroniers s'entredifent tout bas :

Elle auroit nos habits , fi l'on ne prêtoit pas :

Pour venger le Marchand , qui perd ce qu'il lui

      prête ,

Laiffons,quand il pleuvra, lui pleuvoir fur la tête.

   Je les oüis un jour s'entredire en courroux :

Quoi! Nos ombrages frais feront un rendez-vous ,

Où mille honnêtes gens fe trouvent fans s'écrire.

Pour . . . . Je n'oüis plus rien : l'If éclata de rire ,

Voïant la Médifance , affife fur les bancs ,

Mordre de loin fa fœur, qui couroit par les rangs.

   Il en faut convenir. Chacun s'y défaprouve :

Chaque fexe en fon fexe , ou l'un en l'autre trouve

Toûjours certains défauts,qui fervent d'entretien:

Sans ce trifte fecours l'on ne s'y diroit rien.

Ce n'eft pas tout encor. L'affreufe Calomnie

  Y court le noir en main , ainfi qu'une Furie.

Sauve qui peut. D'un fage elle fait faire un fot ,

D'un ga'ant homme un fat , d'un pieux un bigot;

Pour tout dire : elle y fait fes plus cheres délices

De donner aux Vertus la teinture des vices.

Plaisantons un moment ; c'est trop de sérieux.

De ce charmant Jardin effets prodigieux !

La Boiteuse y guérit ; le Courbé s'y redresse ;

Le Bossu comme un P , le Tortu comme une S,

A son heureux aspect deviennent comme un I.

Montagnes & valons , tout s'y trouve applani.

Il est mille autres biens, que ces Lieux savent faire,

Ou plûtôt l'Amour-propre, & le desir de plaire.

Les visages y sont des chefs-d'œuvres de l'Art,

Où Nature souvent n'a pas la moindre part.

Trop lasse de s'y voir toute vive enterrée ,

Chez la simple Grisette elle s'est retirée.

C'est là que travaillant toute seule à loisir ,

Elle ébauche un visage , & l'acheve à plaisir ;

Lui donne ces avis, regle ainsi sa toilette :

Pour la bouche & les mains prenez de l'eau bien

nette ;

D'un linge de lessive essuïez vôtre tein ;

Nettoïez-vous les dents d'un bon morceau de pain ;

C'est ainsi qu'autrefois , sans faire de dépense,

En rouge, en blanc, en poudre, en pommade, en

essence ,

En pâte, en opiat, en mille sortes d'eaux,

Les mains, les dents, le teint sentoient bon, é-
   toient beaux.

Laissez à la Coquette, aux femmes de Théâtre

Le soin pernicieux de se couvrir de plâtre.

Il les rend tôt ou tard, devenu mon vengeur,

De belles à charmer, laides à faire peur.

N'aïez donc pour tout fard, qu'une pudeur honnète;

Et mettez-vous sur tout bien avant dans la tête,

Que toute la beauté ne se fait bien aimer,

Que lors qu'elle prend soin de se faire estimer :

Et que la modestie est cent fois plus piquante …

Le reste une autre fois. La Nature éloquente

Iroit par son sermon faire dire au Lecteur :

Morbleu, foin du Poëte & du Predicateur.

SATIRE II.

MISE, que ferons-nous assis aux Tuilleries?
Nous ferons de leurs sots quatre cate-
gories.

Passez dans la premiere, Abbez trop damerets,

Qui d'une belle main caressez vos collets;

Qui portez une longue & poudreuse criniere,

Et des petits chapeaux, à la folle maniere;

Qui prenez en Marquis galamment le tabac,

Qui laissez entrevoir, comme eux, vôtre estomac,

Et qui vous destinant au salut de nos ames,

Commencez par gagner les cœurs des belles femmes.

Heureux, si ces huit vers peuvent vous corriger!

Il faut dans la seconde auprés d'eux vous ranger,

Avortons de Themis, à mine de poupée.

Vous de Robe au matin, l'aprés-dî é d'Epée;

Avez-vous jamais lû que vôtre Ciceron,

Dans les jardins de Rome, ait fait le fanfaron?

Sans doute il s'y trouvoit pour causer & pour rire,

Mais las d'étudier, de méditer, d'écrire :

Aussi ne le vit-on jamais, comme on vous voit,

Donner, en ignorant, mille soufflets au Droit.

Me préserve le Ciel de tomber sous vos pattes.

   L'on ne voit guere ici nos savans Hypocrates.

Quelle en est la raison ? Toute la Faculté

Doit-elle pas haïr tous les lieux de santé ?

Elle vit de nos maux ; ils lui donnent carrosse.

Saint Côme & Galien n'aiment, que plaïe & bosse.

   La troisiéme est pour vous, vous y serez placez

Petits-Maîtres nombreux... Ah, vous me menacez !

Vous avez beau crier, pour le fruit de mes veilles,

Que vous me couperez le nez & les oreilles :

Je vous dirai toûjours; que vous n'y traîniez pas

Vos bretes de vingt pieds qui déchirent mes bas ;

Que vous chassiez les vents de vos legeres têtes ;

Et ne montriez plus ici ce que vous êtes,

Par vos ris dédaigneux, par vos regards au nez,

Vos discours étourdis, vos airs effeminez,

Qui font dire, en riant, dés qu'on vous voit paraître :

Quelle espece de foû, qu'un jeune petit Maître !

Confiderez, dit-on, leurs pourpoints débraillez,

Leurs chapeaux à long bec, & leurs nez barboüillez:

Leur corps, de leur efprit môtre au doigt le defordre.

Mais fongeons à loger ce qui nous refte à mordre,

La derniere eft ouverte ; entrez maigres Auteurs,

Vous qui parlez toûjours de vos petits labeurs,

Vous qui toûjours rendez, avec peu de juftice,

De vôtre trifte fort nôtre fiecle complice.

Preffez-vous : faites place aux Precepteurs hon-
teux,

Qui font marcher trop loin leurs Enfans devant
eux :

Au pedant *de Rouffy*, qui, fortant de fa Claffe,

Accourt y promener fa pouffiere & fa craffe :

Aux Courtauds, aux Bourgeois, qui d'un air
emprunté,

Contrefont fottement nos gens de Qualité :

Aux indignes Maris, qui fe croiroient infames,

Si l'on les y voïoit accompagner leurs femmes :

A Life qui rougit d'être avec fon mari,

Et n'y rougit jamais avec fon favori :

A tous les fots difeurs de plus fottes nouvelles,

Qui renverſent à l'ombre & murs & citadelles ,

Qui ſur un banc aſſis , ſans armes à la main ,

Verſent en ſureté , le pauvre ſang humain ,

Font & défont les Rois , au gré de leur envie ,

Et conſument ainſi leur ridicule vie.

Muſe , j'entens qu'on dit aſſez mal à propos :

,, Qu'on nous laiſſe du moins promener en repos !

,, L'on ne pourra bien-tôt plus cracher à la mode ,

,, De ce Poëte foû , bilieux , incommode . . .

,, Qu'il aille , de ce pas , au diable promener !

J'y vai puiſque ce fat daigne me l'ordonner ,

Moi , je vais regagner **te montagne** *,*

Et retrouver mes ſœurs . . . . *oh !* je vous accom-

pagne.

Je veux aller ſouper & dormir ſur ce lieu.

L'on n'y ſoupe jamais . . . adieu donc Muſe. *Adieu*

SATIRE III.

AM. *Vi ne riroit de voir le plus gai des Bouffons,*

Serieux sur ce banc, en Doien des Cuisons ?

Ie te prenois de loin pour le huitiéme Sage.

Attens-tu donc ici tes amis au passage ?

AR. Tu m'y vois sagement examiner les sots,

Je les veux tous en vers craïonner à propos.

J'en ai fait de mon feu, l'ordinaire pâture,

Et je viens lui chercher un peu de nourriture :

Je sai que la Satire au satirique nuit,

Que maint dos Poëtique a tâté de son fruit,

Qu'un écervellé peut me casser la cervelle,

Ou d'un coup dans le corps me païer de mon zele :

Mais je mourrois joïeux, à ses pieds abattu,

En critique Cesar, qui venge la vertu.

Regnier & Juvenal, Perse, Lucile, Horace,

Satiriques heros reverez au Parnasse,

Ne pourroient, comme moi, se vanter du bonheur
D'être morts sous les coups: c'est nôtre lit d'honneur.
   Tu railles, diras-tu, *ta folie est extrème ;*
Peut-on être à ce point ennemi de soi-même ?
Apprens, qu'un sot tracé d'un pinceau circonspect,
Loin de me bâtonner, me portera respect :
Découvrant ses défauts, je cache sa personne;
Mon interêt le veut, & ma muse l'ordonne.
Ai-je à peindre un Regent vain, leger, emporté?
Je ris de ce Rieur sous un nom emprunté,
Où j'écris L. C. suivis de deux étoiles,
Voilà son nom couvert d'impenetrables voiles.
Traçai-je un ami faux, aveugle à mes besoins,
Je pose une grande M.. ensuite trois gros points,
Dans le corps de mon vers, quelquefois à la rime
Ces grands ménagemens le laissent anonime.
Ma satire, en un mot, fait les loix du devoir :
Place-toi sur ce banc; c'est ce que tu vas voir
   Je prens d'abord ce fat aux cheveux qu'il apprête
A grands frais le matin pour venir en conquête.
Le prendrai-je par là ? non ; il porte des coins :
Ses cheveux étrangers me resteroient aux poings.

Il rougiroit de voir sa tête dégarnie.

Laissons donc ses cheveux & leur économie.

Mais qu'il fait le beau fils ! qu'il est de lui content!

Narcisse au bord de l'eau ne s'admiroit pas tant.

Une belle, à ses pieds, contemplant un Narcisse,

Lui dit d'un ton railleur : *Que le Ciel vous beniffe,*

Ie ne saurois vous faire aucune charité ;

I'aime dans un amant une mâle beauté ;

Ie ne sai quoi de fier, & qui sente son homme ;

Monsieur, j'ai des vapeurs: vôtre essence m'assomme

Ostez-vous : revenez de vous moins amoureux,

Vous serez, prés de nous, un amant plus heureux.

A leurs côtez toûjours les vertus ont deux vices;

Ces rochers escarpez ont leurs deux précipices ;

On tombe en l'un ou l'autre, évitant le milieu.

Celui-là s'aime trop, & celui-ci trop peu :

Admire son chapeau follement sur l'oreille,

Sa tête sur l'épaule, en homme qui sommeille,

Tout son exterieur grotesque & dérangé:

Il croit que le bel air est cet air negligé.

Le Mortel qui le fuit, n'aime plus que la pinte,

Dégouté des appas de la venale Aminte,

Il devra quelque temps ce brillant habit neuf ;

Il but mil sept cens un en quatre-vingt dix-neuf.

Des Sergens, certain jour, se mirent à sa suite ;

Il les voit, fond sur eux, leur fait prendre la fuïte,

Court aprés, en tuë un, qu'il avoit attrapé :

Le reste fuït encor, ou je suis bien trompé.

Tu ris de ces fuïards : ry de cette Commode,

Qui fait, sans contredit, mieux que moi la pagode.

Ah quelle minaudiere ! à voir ses airs coquets,

Ses nombreux ornemens & ses vains affiquets,

Qu'on ne pourroit compter en toute une semaine ;

Je ne parirois pas qu'elle a la tête saïne.

Cette Prude, au contraire, a le minoisforcé,

Ses paroles, son ris, tout est trop compassé ;

Elle est belle, il est vrai ; mais si peu naturelle,

Que j'aurois moins d'amour, que de mépris pour

    elle.

A son roide maintien, il semble que ses os

Tiennent tous, sans jointure, à l'épine du dos ;

Et Descartes ici jureroit sur sa mine,

Qu'elle va par ressorts, ainsi qu'une machine.

Regarde ces Marquis, l'un sur l'autre plantez,

Se tenir sous les bras , se presser les côtez :

Leurs pas sont languissans, leurs manieres gentilles:

En habits de garçon seroit-ce point deux filles ?

Ils se disent , *mon cher* , d'un ton si doucereux ,

Que ces Abbez fleuris en raillent derriere eux.

Les prendrai-je au collet ces amis de nature,

Fideles sectateurs d'Ovide & d'Epicure ?

Assez d'autres sans moi chiffonnent leurs collets.

Ce sont deux saints faiseurs de profanes-poulets.

Leur Muse, pour le jour , toute la nuit en forge.

Laissons-les , & prenons , ces Dames à la gorge.

Celle-là d'un défaut se fait une vertu ,

Tenant ce maigre en droit sagement revêtu.   [ste,

Cette autre en montre un peu, malignement mode-

Et nous fait souhaiter d'appercevoir le reste

Celle-ci la découvre , & sans grandes façons.

Tend, pour prendre des cœurs , deux jolis hame-

çons.

L'étalage public de ces globes d'jvoire ,

Jette dans mon esprit ce que je n'ose croire.

Voici pour le confondre une autre beauté ,

Dont la sagesse à tort se nomme cruauté.

Elle dit l'autre jour, d'un tendre amant pressée :

Doucement : voftre vûë eft trop intereffée ;

Elle n'oftera rien à mon futur époux,

De ce que je lui garde avec des foins jaloux ;

Concevez les faveurs que vous devez pretendre.

Aimez plus fagement, ou fortez fans attendre ;

L'Amant ne fortit pas. Il la voit, l'aime en fœur,

Attendant que l'Hymen l'en rende poffeffeur.

Pour moi j'aimerois fort une telle Inhumaine ;

Mais l'on n'en trouve pas quatorze à la douzaine.

 Quoiqu'il en foit, voïons ces décontenancez,

De leurs utiles mains fi fort embaraffez.

Je crois certainement qu'ils n'en pourroient que

 faire,

S'ils n'avoient des cheveux à lancer en arriere,

Du grené, du Seville, à prendre, à prefenter,

Et leurs plumes au bec, des dents à décrotter.

 Tien, voi ce Fier-à bras, fes mains dans fa ceinture,

Ses coudes en avant... La comique figure!

 Ce gefticulateur, pedantefque animal,

Portant fon doigt au front, nous découvre fon mal.

 Ce petit Fanfaron, ce Noble frenetique,

Ses

Ses poings sur les côtez, semble un vase à l'antique.

Ces deux pesans vieillards ont les mains derriere

eux :

Ce beret les brandille : & ce grand songe-creux

Les tient, crainte du froid, toutes deux dans ses

poches.

Pour le sexe, il seroit exempt de ces reproches,

Si l'éventail coquet, par des airs trop badins,

Ne lui donnoit aussi de ridicules mains.

Je passe jusqu'aux pieds, sans en faire scrupule,

Puis qu'ici jusques-là descend le Ridicule,

Sa burlesque malice en veut à tout le corps.

Etudier ses pas, marcher trop en dehors,

Estre vain de sa jambe, en faire son idole,

C'est prouver par ses pieds, qu'on a la tête folle,

Je laisse ces Cagneux, ces Vulcains, ces pieds plats;

Ce sont là des défauts, dont je ne raille pas ;

Car s'ils s'étoient formez au gré de leurs cervelles

Leurs pieds seroient plus beaux, & leurs jambes

plus belles;

Mais je raille toûjours de ces plaisans molets

Façonez à la main, & vendus au Palais:

De ces petits talons de la chauſſure humaine ;

Qui font géant un nain, & géante une naine :

Et ſur qui l'on ne peut qu'à peine ſe tenir.

Voilà trop babiller ; il eſt temps de finir.

Levons-nous,& marchant tu me diras ſans feindre,

Si critiquant ainſi, j'ai quelque lieu de craindre.

SATIRE IV.

E plaifir d'être aux Tuilleries ,
Des premiers fous les galeries ,
Dans le temps que le Ciel , qui pleut ,

Semble crier : *Sauve qui peut !*

Il eft peu de gens , qui n'y courent ,

Et qui plaifamment ne s'y fourent.

Le jeune y vient au grand galop :

L'homme de moïen age au trot.

Le vieux , fur fa foible monture ,

Gronde entre fes dents la nature ,

De ce qu'il eft fi mal monté ,

Qu'il faut fuir avec gravité.

L'homme y laiffe moüiller fa femme ;

Mais le galant prés de la Dame ,

Fait , pour l'obliger , mille efforts :

Lui préte de fon juftaucorps ;

De fon chapeau couvre fa crête ,

Tandis qu'il lui pleut sur la tête.

Se moüiller ainsi, s'enrumer,

C'est, à mon avis, trop aimer.

Les courses les plus ridicules,

Sont celles qu'on fait sur les mules ;

Cette monture, à chaque pas,

Jette presque sa femme à bas :

Quelques-unes qui vont grand erre,

Font, dans ce Jardin, un parterre ;

Le sage alors ferme les yeux ;

Cent autres font plus curieux ;

Il n'est personne qui n'en rie.

Oh ! Voïez quelle barbarie

De se moquer du mal d'autrui !

Parbleu, qu'on m'apprenne aujourd'hui,

Pourquoi, voïant tomber son pere,

Sa sœur, sa Maîtresse, sa mere,

Enfin ce qu'on a de plus cher,

L'on ne sauroit s'en empêcher !

Sur tout s'ils ont fait dans leur chûte,

Quelque plaisante culebute ;

Sur tout s'ils ont eu plus de peur,

Qu'ils n'ont reſſenti de douleur :
Il me ſemble que j'entends dire :
Ce qui nous ſurprend nous fait rire ;
Ainſi leur ſaut non attendu
Fait, que l'on rit comme un perdu.
Mais voïons courir nos Coquettes,
Aux pieds beaux, aux jambes bien faites,
Qui, pour faire voir leurs molets,
Se trouſſent juſques aux jarets.
D'autres même, qui de leurs jupes
Couvrent leurs précieuſes hupes,
Expoſant, mais plus qu'il ne faut,
Le bas pour garentir le haut.
En troïant *Ioconde* ricane.
L * * court ainſi qu'une cane,
Une main ſoutient ſon toquet,
L'autre ſes habits en paquet.
Sa ſœur achevant ſa carriere,
Eſtant ſans cheveux par derriere,
Ainſi que Dame Occaſion,
Voit tomber ſon *eſcofion*,
Vulgairement nommé Commode,

Qui sera long-temps à la mode ;

Car nos femmes font leurs trois vœux ;

L'un de n'avoir plus de cheveux,

Contre l'avis d'un grand Apôtre.

Je vous laisse à deviner l'autre ;

Cherchez le troisiéme à tâtons.

Moi, je retourne à mes moutons.

Toutes arrivent, & murmurent,

Entre cuir & chair maintes jurent,

Voïant, mais d'un œil irrité,

Que tout leur habit est gâté.

Celle-ci d'un mouchoir essuïe

Ses appas détrempez de pluïe,

De peur que son teint par rubis

N'aille tomber sur ses habits :

Celle-là rudement s'évente

Pour fixer sa beauté coulante,

Enfin la sentant prête à choir,

La met aussi dans son mouchoir.

Lise, qui dans un coin se range

Pleure quasi de sa fontange.

Iris perd les siennes, & rit,

Faifant concevoir à l'efprit ,

En quel argent elle les païe.

Les hommes , que la pluïe égaïe ,

En arrivant frappent des pieds,

Hormis quelques eftropiés ,

Là venus à pas de tortuë.

Alors quel bruit ! quelle cohuë !

Et quelle foule ! nos filoux

Pourroient y faire de grands coups.

Vous fouriez de la peinture;

Mais voïez la chofe en nature.

Je veux , fi vous n'éclatez pas ,

Devenir fouris pour les chats,

Moucheron pour les hirondeles,

Amant pour d'avares donzelles ,

Livre mal écrit pour les vers ,

Plaideur obftiné pour les Clercs,

Pain pour un homme infatiable ,

Enfin M * * * pour le diable.

EPILOGUE

P AULET foutient que tous mes vers
Sont des chefs- d'œuvres admirables.
Parbleu , que les goûts font divers !
Rufin les trouve abominables.

Ma foi , l'un & l'autre ont menti.
Lecteur, veux-tu prendre parti
Sur les enfans de nôtre veine ?

Ne les crois tous deux qu'à moitié ;
Car l'un donne trop à la haine ,
Et l'autre trop à l'amitié.

EPIGRAMES

EPIGRAMMES.

EPIGRAMME.

Au Lecteur, de l'Epigramme.

JE mets beaucoup en peu d'efpace
  Dans l'Epigramme que j'écris,
Elle eft un diamant de prix
Qui veut peu d'or quand on l'enchaffe.

AUTRE.

A un grand Mangeur qui pour prou-
ver qu'il étoit patient, faifoit
des fermens.

CRoïez-vous que vous me prouvez
  Une patience admirable,
En jurant que vous en avez ?
Vous en avez, mais c'eft à tab'e.

C

EPIGRAMME.

Sur l'origine du mot BASTARD.

Sais- tu pourquoi l'on dit *BASTARD*,
Un enfant que l'amour engendre,
Sans que l'Hymen y prenne part ?
C'est que quand sa Mere à l'ecart,
A son Confesseur va l'apprendre,
Elle le dit & *BAS* & *TARD*.

AUTRE.

Sur une fausse Devote.

La sage Marthon par an donne
Trois cens livres à son valet :
C'est trop ! faut-il qu'on s'en étonne ?
Il est beau garçon & muet.

EPIGRAMME.

*Sur une vieille qui se croioit encore fort
aimable à cause de sa blancheur.*

UN jour en certain entretien,
  La vieille Iris, trouſſant ſa manche,
Dit qu'elle avoit la peau fort blanche:
Vous le voiez, dit-elle, bien :
Et s'il n'étoit pas malhonnête,
Ie vous le ferois voir ailleurs ;
On vous croit, dirent les railleurs,
Blanche même juſqu'à la tête.

AUTRE.

Sur un jeune Iuge tres-bon joüeur.

LE nouveau Magiſtrat Criton,
  Eſt de tout ce vaſte Roïaume,
L'un des meilleurs Juges (dit on)
Il eſt vrai , c'eſt au jeu de paume.

ÉPIGRAMME·

A Mademoiſelle de la L.... ſur la ſageſſe de Pallas.

A Pallas 'a vertu fût chere,
Elle ne fit jamais faux-bond ;
En demandez-vous la raiſo ?
C'eſt qu'elle n'eût jamas de Mare.

AUTRE.

ſur la tendreſſe des époux d'au-jourd'hui.

ICi 'es époux ſont fort tendres,
Si le nœud du ſacré lien
Etoit ſemblable au Gordien,
Nous verrions bien des Alexandres.

EPIGRAMME.

A un Buveur éternel.

TU bois sans soif à tout moment,
Je sai que chacun t'en condamne ;
Mais c'est assez injustement,
Tu veux te distinguer de l'asne.

AUTRE.

A une jeune fille dont un poupon précoce vint délabrer la reputation.

PArbleu, pour être fille & mere,
S'il court de vous un mauvais bruit ;
Riez en toute la premiere ;
Le passant ne jette la pierre,
Qu'à l'arbre qui porte du fruit.

EPIGRAMME.

A une Laide enteſtée de mettre des mouches & qui en mettoit trop.

Oui les mouches dont on se ſert,
Cachent les défauts d'un viſage ;
Mais le vôtre en eſt trop couvert :
Une ſuffit pour vôtre uſage.

AUTRE.

ſur un homme qu'on diſoit être un ſot.

Jean n'eſt point ſot en verité,
Il eſt homme de probité ;
Car ſa moitié devenant Mere,
Aux fons il fait porter l'enfant,
Et ne s'y trouve point préſent ,
Tant il a peur d'être fauſſaire.

EPIGRAMME.

Sur la comparaison du monde à la mer.

ON me fait un dépit mortel,
De comparer le monde à l'Element humide;
La mer est la source du sel,
Et le monde est tout insipide.

AUTRE.

*Sur un homme qui aprés avoir été dans
les armes se fit Medecin.*

LOrsque Damon portoit l'épée,
Il la dégaînoit en tous lieux,
Il en avoit en furieux,
Sans cesse la main occupée,
Il l'ôte enfin de son côté,
Se fait Docteur de Medecine;
Tant pis! il veut en sureté,
Garder son humeur assassine.

EPIGRAMME.

Sur un faux Dévot.

LUc, ce Devot si bien peigné

Dit qu'il faut être seul, pour bien donner l'aumône,

Je ne sai point quand il la donne,

Il est toûjours accompagné.

AUTRE.

A Madame de C... qu'un Petit-Maî-
tre avoit insultée.

C'Est improprement, sage Brune,

Qu'on vous rôme femme commune;

Vôtre Epoux étant Courtisan,

Comme on appelle Païsanne,

Toute femme de Païsan,

Il faut vous nommer Courtisanne.

EPIGRAMME.

Au nouvel Epoux d'une jeune person-
ne, qui n'avoit plus que l'exterieur
du Fillage quand il l'épousa, &
dont la mere étoit Laboureuse.

Prenant fille de Laboureuse,

Paul, tu croiois bien moissonner ;

Mais, que l'esperance est trompeuse !

Helas ! tu n'as fait que glaner.

AUTRE.

Sur un Borgne & une Borgnesse ma-
riez ensemble.

Un Borgne rempli de tendresse,

Vient d'épouser une Borgnesse,

Chacun en rit à qui mieux mieux ;

Mais quiconque en rit n'est pas sage :

Puisque pour faire bon ménage,

Il ne faut qu'une ame & deux yeux.

EPIGRAMME.

A un Traitant.

Ertain Commis en Compagnie,
Vous diſoit fort homme de bien ;
Eh ! lui dis-je, qui vous le nie ?
On ſait qu'il ne lui manque rien.

AUTRE.

Sur Mademoiſelle M... qui diſoit ſouvent qu'elle avoit le cœur fort tendre.

Hilis fait partout ſon poſſible,
Pour prouver qu'elle eſt fort ſenſible,
Et le prône preſque toûjours :
Pour ſon honneur que ne ſe retient-elle !
Puiſqu'on éprouve tous les jours,
Que, de ſenſible à ſenſuelle,
Les chemins ſe trouvent fort courts.

EPIGRAMME.

Sur les cornes qu'on donne à Bachus
& aux Maris.

Les cornes du Dieu des bons vins
Ont pour fondement ses malices ;
Celles que portent nos voisins
Ont pour origine nos vices.

AUTRE.

A un jeune homme qui avoit la main
fort subtile, & qui remercié de
plusieurs filles fut enfin accordé à
Mademoiselle de :...

Catin dans peu t'engagera
Dans la chaîne de l'Hymenée ;
Ce n'est, je crois, point encor là,
La chaîne qui t'est destinée.

EPIGRAMME.

Sur un jeune homme de peu de genie qui se vantoit d'entendre toutes choses.

MArtin me disoit l'autre jour
Qu'il entendoit tout à merveilles
Il est certain qu'il n'est pas sourd,
Et qu'il a de grandes oreilles.

AUTRE

*Sur Monsieur le . . . . . qui pour épou-
ser une fille sage, en prit une qui
sortoit d'un Couvent.*

BOn a pris femme depuis peu
Sortant d'une grille Roïale,
Il la jugea fort bien-Vestale;
Il ne peut éteindre son feu.

EPIGRAMME.

Sur un Interessé dans les Fermes du Roi, qui regardoit le monde de côté, depuis qu'il avoit carrosse.

S I Paul enrichi promptement
En certaine affaire publique,
Regarde tout obliquement ;
C'est que la cause en est oblique.

A U T R E.

*Mise sur la porte de Monsieur de M...
qui, occupé à un ouvrage qu'il de-
voit bien-tôt mettre au jour, ne me
répondit pas.*

J E frappe, & je m'apperço's bien,
Que vous feignez de n'y point être :
Je m'en console, & n'en dis rien :
Vous vous cachez pour mieux paraître.

EPIGRAMME.

Sur Mademoiselle P.... qui avoit dit qu'elle prétendoit être idolâtrée d'un Amant.

NE croïez point qu'Iris folâtre,
Quand elle dit à son Amant
Qu'elle prétend qu'on l'idolâtre :
Elle est Idole assurément.

AUTRE.

Sur un Avocat qui surprit sa femme avec un Galant.

UN Muet vit son pere en danger autrefois,
La crainte lui donna l'usage de la langue :
Yves qui sait si bien nous faire une harangue,
Voïant rire sa femme, est demeuré sans voix.

EPIGRAMME.

A un jeune Abbé qui devenu riche Beneficier devint méprisant.

Depuis peu revêtu d'un riche Bénéfice,

Tu vois les gens du coin de l'œil :

On peut donc dire avec justice:

Que *L'OR* fait éclore *L'OR*güeil.

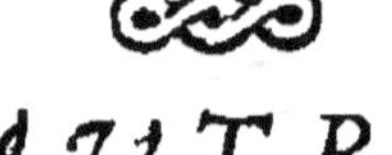

AUTRE,

A Mademoiselle . . . .

De toutes les femmes jolies,

Je n'aime que vous sur ma foi;

Pour vous je fais mille folies,

Eh! faites-en ure pour moi.

LA CAVALE.
FABLE.

UN Courier autrefois avoit une Cavale,

Belle, bonne, enfin fans égale ;

Loin d'en avoir un foin particulier,

Il la laiffoit dans l'indigence ;

Par avarice ou negligence,

Ne mettant rien au ratelier.

Un jour que la pauvre indigente,

N'avoit avoine, fon, ni foin,

Dont elle avoit pourtant befoin,

Elle vit contre fon attente

Certains gros-chardons dans un coin ;

Suivit avidement fa faim impatiente,

Et les aïant trouvez d'une bonté charmante :

Ah ! dit-elle, je m'apperçoi ,

Que pourveu que l'on fe contente ,

Il n'importe pas avec quoi.
. . . .
Epoux, la Fable à vous s'adreſſe,

A vous, à qui femme en revend,

Etant réduite trop ſouvent

Au Carême de la tendreſſe.

EPITAPHE.
D'une Dame qui pour adultere fut de-
colée à Geneve.

CY gît une femme volage ;
Son corps qu'ici l'on a logé,

Cheriſſoit ſi fort le partage,

Qu'il en eſt encor partagé.

LA GASCONADE.
PETIT CONTE.

Un Medecin, Gascon, mais fort habile,
Chez un malade, un jour, volant un gobelet,
    Quoi qu'il eût la main fort subtile,
    Fût apperçû par un valet.
    On fit contre lui grand murmure ;
    Mais sans s'étonner de l'injure ,
    Sans montrer nulle émotion ,
Regardant son malade, il parla de la forte :
Voiez ce gobelet, lui dit-il, je l'emporte ;
Vous buvez trop dedans sans ma permission.

LE PILOTE ET L'AMANT.

SONNET

En vers irreguliers.

UN jeune homme fort amoureux,
Au Pilote paraît semblable ;
L'un & l'autre font desireux,
D'avoir le destin favorable.

❀

Si l'un craint les monstres affreux,
Les Ecüeils, l'Orage effroïable ;
L'autre craint un rival heureux,
Un Jaloux, une inexorable.

❀

Tous deux dans leur tranquillité,
Redoutent l'instabilité,
Et n'ont point de joïe assurée.

❀

S'ils different c'est en ce point :
On s'embarque en amour contre vent & marée,
Mais ainsi sur la mer on ne s'embarque point.

ENIGME.

JE fui͜ fait exprés pour les Dames;
Je cau͜e d'aſſez doux plaiſirs,
Pour qui les hommes & les femmes,
Peuvent également conecvoir des deſirs.

⁜

Je ſuis depuis beaucoup de luſtres,
Cependant je n'en plais pas moins ;
Je ſers à des combats qu'on peut nommer illuſtres,
Puiſque des Rois en ſont témoins.

⁜

De figure autrement que ronde,
J'ai toûjours paſſé pour parfait.
Quand on me quitte dans le monde,
L'un eſt content de moi, l'autre mal ſatisfait.

Les loüeurs, pourront aiſément deviner l'Enigme

CHANSON.

L'On n'est heureux dans ce monde,
Que quand on est sans chagrin,
L'on n'en a point dans le vin :
En doux plaisirs il abonde ;
Il ne faut donc pas s'en sevrer,
Et deussions nous nous enyvrer ;
Perdons tous la raison dans le jus de la treille,
Bien plûtôt que par l'Amour :
Quand on le perd chez lui, c'est sans retour,
Quand on la perd en vuidant la bouteille,
On la retrouve en moins d'un jour.

EPIGRAMME.

A ce Livre.

R Arement en ce siecle-ci,
Un enfant ressemble à son pere ;
Ne me ressemblez point aussi,
Vous seriez trop chez le Libraire,

F I N.

PERMISSION.

Ermis d'imprimer. Fait ce vingt-neuf Aoust, mil sept cent.

M. R DE VOIER D'ARGENSON.

9 782329 047065